학교 가기

조마조마

그림
홍미혜

성균관대학교 미술학과 및 대학원을 졸업하고,
중·고등학교에서 미술을 가르쳤습니다. 어린이들이
재미있게 읽어 줄 그림을 그리고 싶습니다.
그린 책으로는 〈What's the Matter?〉가 있습니다.

학교 가기 조마조마

글 고상한 그림책 연구소 | **그림** 홍미혜

상상의집

나도 이제 학교에 가요.

학교생활에는 필요한 물건들이 많아요.
학교 가기 전에는 어떤 물건들을 챙겨야 할까요?

"엄마, 잠이 안 와요."

"마음이 조마조마해서 그럴 거야."

"조마조마가 뭐예요?"

엄마는 살포시 미소 지으며 말했어요.

"조마조마는 마음속에 사는 망아지야.

조마조마가 뛰지 못하게 꼭 붙들고 자렴."

조마조마는 마음이 초조하고 불안한 모양을 뜻하는 말이에요. 엄마는 학교 가기 전 두근거리는 마음을 망아지가 가슴속에서 뜀박질하는 것이라고 표현했어요. 엄마의 상상력이 참 재미있지요?

침대에 누웠지만 시계 소리만 크게 들렸어요.

마음속에서 연보라색 망아지가 폴짝 뛰어나왔죠.

"네가 조마조마구나!"

나는 조마조마와 함께 잠이 들었어요.

"우리 서연이. 다 컸네."

새 옷을 입고 가방을 메자 엄마가 엉덩이를 토닥여 주었어요.

신발은 바로 신었는지, 옷이 구겨지지는 않았는지

옷매무새가 자꾸 마음에 걸렸어요.

"이러다 늦겠어."

조마조마가 발을 굴렀지요.

상상문구점
팩스
복사
정지

늘 다니던 골목길이 낯설어요.

"서연이도 이제 초등학생이구나!"

문구점 아주머니의 말에 얼굴이 새빨개졌어요.

"초록색 불이 되면 손을 들고 건너야 해."
나는 작게 고개를 끄덕였어요.
그런데 자동차가 멈추지 않고 속력을 내지 뭐예요?
나는 깜짝 놀라 뒤로 물러섰어요.

정지

분리수거장
수돗가
축구 골대

학교 앞에 오니 덜컥 겁이 났어요.
“조마조마야, 우리 그냥 돌아갈래?”
조마조마가 머리로 내 등을 밀었어요.

“엄마는 뒤로 가 있을게. 잘하렴.”

엄마와 헤어지자 심장이 더 쿵쿵 뛰는 것 같았어요.

나는 쭈뼛쭈뼛 우리 반 푯말 앞으로 다가갔어요.
고개를 돌렸다가 선생님과 눈이 마주치자
잽싸게 앞을 보았지요.

1-2

교실 안에서는 실내화를 신어요.
신발장과 사물함을 잘 정돈해 두면 물건을 찾기가 쉬워요.

학교 안에는 여러 시설들이 있어요.
선생님과 함께 학교를 돌아볼 때는 규칙을 지켜야 해요.
학교에서 일하시는 분들을 만나면 바르게 인사해요.
복도를 걸을 때는 조용히 걸어요.

교실로 가는 길은 너무 넓고 길어요.
아주 작은 개미가 된 것 같았어요.
조마조마와 나는 발꿈치를 들고 살금살금 선생님을 따라갔지요.

나는 신발을 갈아 신다 그만 한 짝을 떨어뜨렸어요.
신발을 물어다 주는 조마조마에게
작은 소리로 속삭였어요.
"고마워."

16
17

'장서연.'

의자 뒤에 내 이름이 붙어 있어요.

내 짝꿍은 어떤 아이일까요?

그때 짝꿍이 말을 걸었어요.

"저기……, 난 유리라고 해. 넌 이름이 뭐야?"

"난 서연이야."

그런데 유리 옆에도 조마조마 한 마리가 고개를 내밀고 있었어요.

우리는 마주 보고 배시시 웃었어요.

조마조마들도 얼굴을 부비며 인사했어요.

나에게는 어떤 친구가 있나요?
어릴 적 친구를 떠올려 봐요.
새 친구에게 말을 걸어 보세요.
새로운 친구를 사귀는 것은 정말 즐거워요.

짝에게 어떤 질문을 해 볼까요?
"너는 무슨 음식을 좋아하니?"
"너는 무슨 색깔을 좋아하니?"
짝이 좋아하는 것과 내가 좋아하는 것을
비교해 봐요.

"자, 이제 자기소개를 해 볼까요?"
차례가 가까워 오자 심장이 점점 뛰었어요.
애꿎은 손톱만 물어뜯었지요.
"다음 친구."
이제 내 차례예요!

나는 그만 울어 버릴 것 같았어요.

그런데 조심스럽게 눈을 들어 보니
유리가 양손을 꼭 쥐고 나를 바라보고 있어요.

나는 용기 내어 말하기로 했어요.

나를 소개할 때는 어떻게 하면 좋을까요?
먼저 나의 이름을 말해요.
내가 좋아하는 것, 잘하는 것 등을 함께
이야기하면 좋아요.

발표할 때는 큰 소리로 또박또박 말해요.
고개를 숙이지 말고 앞을 보고 말해요.
손짓을 함께하면 표현이 더 정확해져요.

틀리는 것을 걱정할 필요는 없어요.
친구들이 웃어도 함께 웃으면 된답니다.
친구들은 나를 즐거운 친구로 기억할 거예요.

다른 친구들의 소개를 들어 보아요.
우리 반에는 어떤 친구들이 있나요?
나와 성이 같은 친구는 누구인가요?
안경을 끼고 있는 친구는 누구누구인가요?
키가 제일 큰 친구는요?
나와 같은 동네에 사는 친구도 찾아보세요.

"학교 화장실은 처음이라 무서워."

"걱정 마. 내가 같이 가 줄게."

나는 유리의 손을 꼭 붙잡았어요.

친구랑 같이 무엇을 하고 싶나요?

친구는 어려울 때 도와주는 사이예요.

친구와 함께 재미있는 놀이를 할 수 있어요.

짝과 잘 지내려면 어떻게 해야 할까요?
짝과 즐거운 마음으로 이야기해요.
짝의 이야기에 귀 기울여요.

"알림장을 맞게 썼을까……."

"내가 쓴 거랑 비교해 볼래?"

짝이 있어서 정말 다행이에요.

알림장을 잘 써야 준비물을 빠뜨리지 않고 챙길 수 있어요.
바른 자세로 연필을 잡고 한 글자씩 또박또박 써요.

"우리 내일부터 같이 학교 가자."

"응!"

나는 이제 조마조마 대신 유리와 학교에 갈 거예요.

벌써 학교 가는 길이 기다려집니다.

생각 톡

★ 학교 가는 길

학교 가는 길을 떠올려 봐요. 학교까지 가는 길에는 횡단보도가 몇 개 있나요? 큰길을 몇 번 건너야 하나요? 안전하게 학교를 오가기 위해서는 여러 가지 규칙을 지켜야 해요. 신호등이 초록색일 때 건너는 것은 모두 알고 있지요? 조금 더 주의를 하면 안전하게 학교를 다닐 수 있어요.

- 횡단보도 앞에서는 우선 멈추고, 좌우를 살펴요.
- 횡단보도 오른쪽에서 손을 들고 건너는 것이 안전해요.
- 자동차 사이나 앞뒤로 다니지 마세요.
- 골목길에서 큰길로 나올 때는 뛰거나 장난치면 안 돼요.

★ 학교를 오고 가는 길에는 무엇을 볼 수 있나요?

학교를 오가는 길에는 문방구, 편의점, 약국 등 여러 가게들과 건물이 있어요. 길에는 횡단보도, 신호등, 버스, 자동차 등이 다니지요. 또 길 건널 때 도와주시는 녹색 어머니나 교통 경찰관을 만날 수 있어요. 친구 부모님과 마주치기도 하지요.

★ 학교는 어떤 곳일까요?

학교에는 어떤 것들이 있나요? 학교 정문을 지나면 운동장과 학교 건물이 있어요. 학교 건물 안에는 우리 교실 말고도 여러 교실들이 있지요. 선생님과 함께 학교를 둘러볼 때에는 설명을 잘 듣고 조용히 걸어야 해요. 학교에서 공부를 하는 다른 사람들에게 방해가 되면 안 되니까요.

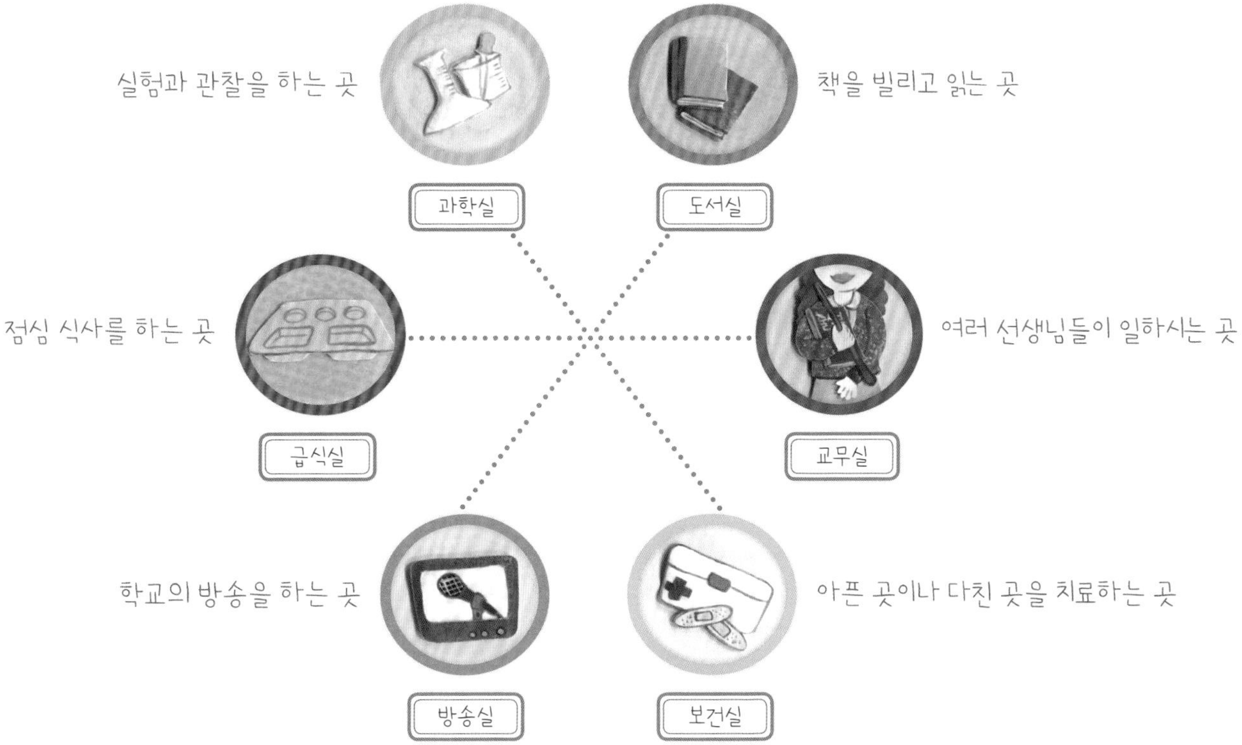

★ 새로운 친구를 만들어요

어떻게 하면 새 친구를 사귈 수 있을까요? 먼저 친구에게 말을 걸어요. 나의 이름을 소개하면, 친구가 이름을 알려 주겠지요? 친구의 이름을 부르며 친구가 좋아하는 것을 물어보세요. 또 친구와 함께 할 수 있는 일을 찾아보세요. 금방 좋은 친구가 생길 거예요.

★ 내 친구를 소개해요

짝과 인사를 나누었나요? 내 짝은 어떤 친구인가요? 내 짝을 소개해 보세요. 다른 친구들에게 내 짝의 좋은 점을 설명해 주세요. 발표를 잘하거나, 인사를 명랑하게 하거나, 친구를 잘 도와주는 등 짝꿍에게는 좋은 점이 아주 많을 거예요.

★ 규칙을 지켜요

교실은 여러 친구들이 모여 공부를 하는 곳이에요. 친구와 함께 사이좋게 공부하기 위해서는 여러 가지 규칙을 지켜야 해요. 사물함을 잘 정리해 두면 물건을 찾기가 쉽지요. 글씨를 예쁘게 쓰면 다시 읽기가 좋아요. 수업 시간에 떠들면 다른 친구들이 선생님 말씀을 들을 수가 없지요? 선생님께서 말씀하실 때는 조용히 듣고 궁금한 점이 있다면 손을 들고 질문해요. 또 수업 시간과 쉬는 시간을 잘 지켜야 해요. 하루를 마칠 때는 알림장을 잘 썼는지 확인해야겠지요? 알림장을 잘 적지 않으면 다음날 준비를 하기가 힘드니까요.

처음에는 규칙을 지키는 것이 귀찮게 느껴질 수도 있지만, 규칙을 지키는 것이 오히려 더 편하다는 것을 알게 될 거예요.

★ 우리는 친구

친구가 있어서 좋은 점이 있다면 무엇일까요? 친구에게 도움을 준 적이 있나요? 친구에게 도움을 받은 일이 있나요? 친구끼리 서로 도우면 학교생활이 즐거워진답니다. 나는 어떤 친구가 되고 싶은지 생각해 보세요.

학교 가기 조마조마

글 고상한 그림책 연구소 | **그림** 홍미혜
펴낸날 2022년 2월 15일 개정판 1쇄, 2023년 2월 27일 개정판 2쇄
펴낸이 김상수 | **기획 · 편집** 이성령, 권정화, 전다은 | **디자인** 문정선, 조은영 | **영업 · 마케팅** 황형석, 임혜은
펴낸곳 루크하우스 | **주소** 서울시 서초구 사임당로 50 해양빌딩 504호 | **전화** 02)468-5057 | **팩스** 02)468-5051
출판등록 2010년 12월 15일 제2020-203호

www.lukhouse.com
cafe.naver.com/lukhouse

ISBN 979-11-5568-491-7 64800
ISBN 979-11-5568-490-0 (세트)

※ 잘못된 책은 구입처에서 바꾸어 드립니다.
※ 값은 뒤표지에 있습니다.

상상의집